GRAND RAPPORT

FAIT A M. PITT,

PAR

LE MARSOUIN,

SUR SON VOYAGE A PARIS.

TRADUIT DE L'ANGLAIS,

PAR JOSEPH LAVALLÉE.

A PARIS,

Chez DEBRAY, Libraire, rue St.-Honoré, et chez tous les Marchands de Nouveautés.

1806.

AVANT-PROPOS.

LA Relation que nous présentons ici au Public, n'a pas besoin de préface. Nous pensons qu'il est seulement nécessaire de dire à nos lecteurs comment elle est tombée entre nos mains, afin qu'ils ne puissent révoquer en doute l'authenticité de cette pièce.

Les Journalistes anglais, soit que le Ministère dirige leur plume, soit que le Parti de l'opposition les prenne pour organes de ses principes, sont dans l'usage de faire imprimer des exemplaires qu'ils distinguent par la dénomination de *bonnes feuilles*, des autres exemplaires qu'ils distribuent chaque jour à leurs abonnés. C'est dans ces *bonnes feuilles* que les chefs du Ministère ou ceux de l'Opposition, font insérer certains paragraphes qui ne doivent être connus que des personnes initiées dans les secrets de leur politique respective, et qui possèdent leur confiance intime.

La Relation dont nous donnons la traduction, a été extraite de l'une de ces *bonnes feuilles*, du *Times*, trouvée à bord d'un vaisseau anglais naufragé le 28 Décembre, près de Calais, et dont la destination était pour la Méditerranée. On présume qu'elle était adressée au commandant des forces britanniques dans le Royaume de Naples, pour la communiquer à la Reine des Deux-Siciles. Voici le préambule dont le Journaliste a fait précéder cette Relation.

Londres, 26 Décembre 1805.

Tandis que sir Sydney Smith s'occupe sans relâche à perfectionner les machines incendiaires dont le but est de procurer à la Nation anglaise le noble et honorable avantage de détruire ses ennemis, sans s'exposer à aucun des dangers de la guerre

l'honorable M. Pitt, dont le génie embrasse tous les objets et surmonte toutes les difficultés, a découvert, grâce à son admirable perspicacité, dans une famille de poissons vulgairement connus sous le nom de Marsouins, *des facultés intellectuelles que les Naturalistes ne leur avaient pas encore soupçonnées. Il en a choisi quelques-uns dont il a soigné lui même l'éducation, et dont les dispositions naturelles ont parfaitement répondu aux attentions de sa seigneurie. La sagacité de ces animaux, la souplesse de leur caractère, la finesse de leur esprit, ont fait soupçonner à sa seigneurie, qu'ils pourraient être utilement employés dans des missions d'observateurs diplomatiques. M. Pitt vient d'en faire le plus heureux essai, et hier il lut au Conseil privé tenu chez la Reine, le rapport que l'un des chefs principaux de son institution des Marsouins, lui avait présenté la veille, sur un voyage qu'il avait fait en France par ordre de sa seigneurie. Quoique ce rapport ne soit pas d'une nature très rassurante, relativement à nos relations avec le continent, nous ne balançons pas à le publier, convaincus que les impressions défavorables qu'il pourrait faire sur nos lecteurs, s'effaceront facilement de leur esprit, s'ils réfléchissent à l'inappréciable avantage que l'Angleterre retirera de l'organisation de cette nouvelle branche de service public, que l'on ne pouvait attendre que des talens d'un homme aussi supérieur que M. Pitt.*

On s'étonnera peut-être, que le traducteur français ait préféré d'écrire sa version en vers plutôt qu'en prose; mais ce rapport présente tels passages dont la prose n'eût pas rendu fidellement la noblesse et l'élévation; et quoique l'auteur soit bien éloigné d'avoir l'amour propre de croire les avoir dignement exprimés, il a dû choisir le langage poëtique, comme celui qui se rapproche le plus de la grandeur de quelques événemens dont l'agent maritime du ministre anglais rend compte à sa seigneurie.

GRAND RAPPORT

FAIT A M. PITT,

PAR LE MARSOUIN,

SUR SON VOYAGE A PARIS.

CHER monsieur Pitt! grand Potentat des flots!
Ministre d'or! maître-ès-arts en brûlots!
Je dois te rendre, en serviteur fidelle,
Un compte exact, véridique et précis,
De l'ambassade, à mon sens, fort nouvelle,
Que ta sagesse, à mes soins, a commis.

Je me vis donc, par ton pouvoir magique,
En espion, transformé plaisamment:
Un Marsouin! l'aventure est unique.
Dans le discours dont le Roi britannique
Divertira son grave Parlement,
De mon voyage au sein du continent,
Tu placeras l'épisode comique:
Ce parlement est par fois ombrageux.
Si, par hasard, il a lu les gazettes,
A sa rentrée il sera sérieux.
Tu lui diras que mes courses discrettes

N'ont point enflé les dépenses secrettes :
L'argent te reste, et tout est pour le mieux.

De ce voyage entrepris pour te plaire,
Tant bien que mal, me voici revenu.
Sache d'abord, ministre d'Angleterre,
Que ce Français ne t'est pas trop connu.

Je veux ici conserver pour l'histoire,
Et, s'il se peut, remettre en ta mémoire,
Le beau discours que me tint ta Grandeur,
Quand, moi chétif, admis à ta faveur,
Incognito tu me fis cette gloire,
De me chercher dans l'humide palais
Où l'Océan héberge tes sujets.
S'il t'en souvient, longue fut l'entrevue.
Plein de l'ardeur, qu'en passant ta revue,
Ton régiment, dans Saint-Jame assemblé,
Sous ton bâton, manœuvrant essoufflé,
Avait jeté dans ton ame guerrière,
Tu me disais : Marsouin, mon confrère !
Soit préjugé, soit raison, soit devoir,
De mes soldats l'audace militaire
Plaît à mon cœur et l'enivre d'espoir :
Ce ne sont pas d'élégans petits-maîtres,
Dans les combats fredonnant la chanson,
Tel qu'un conscrit suivant Napoléon ;
Pour combattans, moi, j'aime de vieux reîtres,
Des soldats mûrs. Si tu voyais les miens,
Du triple sceptre honorables soutiens !
Tous, pour l'honneur des léopards antiques

Et de mon bill, déserteurs des boutiques,
La pipe aux dents, la main dans le manchon,
Le front altier, faisant nargue à la bise,
Sous le rempart d'une perruque grise,
Dont la facade, en aile de pigeon,
Ombrage au loin le bout du mousqueton;
Sur leur épaule en résaut alongée,
Le parapluie en carquois suspendu;
Du sac de nuit l'échine surchargée;
Au son du fifre, allant jarret tendu,
A droite, à gauche, et très-bien en arrière;
Et dans ce pas, je le dis sans mystère,
Il m'a semblé que, de mon régiment,
Monsieur d'Yorck paraissait très-content.
Dans ces héros j'ai mis mon espérance.
Il est venu, le tems de la vengeance!
Le Bohémien, le Russe, le Hongrois,
Et le petit qui conduit les Suédois,
Si je calcule avec intelligence,
Sont maintenant aux côteaux champenois.
Sautons le pas, marchons en assurance.
Mes bons voisins! je pourrai, cette fois,
Piller, ronger, ravager votre France.
De prospérer elle a donc l'insolence!
Elle a, dit-on, des chantiers et des bois;
Elle a du fer, du chanvre en abondance;
Force ouvriers: eh bien! est-ce raison
Que de vaisseaux elle ait provision?
Et tout ce bled, dont son orgueil s'honore!
Qui lui donna le droit, la liberté,
De recueillir avec impunité

Ce qu'en ses champs son labeur fait éclore?
Et tout ce vin si justement cité,
Ce bon nectar qu'elle appelle Bourgogne!
J'en ai sablé! faut-il que sans vergogne
Elle le boive ; et que moi, chancelier,
Obscurément, dans mon triste échiquier,
Comme un boxeur, de *porter* je m'enivre?
A ces Français il faut apprendre à vivre,
De peu s'entend. Ces gens-là valent-ils mieux
Que ces Hindous, raisonneurs imbécilles?
Qui prétendaient que leurs champs, que leurs villes,
Que leurs saphirs colorés par les cieux,
Leurs beaux tapis, leurs tissus précieux
Qu'enrichit l'or de ses filets ductiles,
L'humide ris que du Gange orgueilleux
Arrose en paix le flot religieux,
Leurs diamans, leur betel, leur gingembre,
Leurs cachemirs, leurs perles et leur ambre,
Etaient trésors par eux seuls cultivés,
Par conséquent pour eux seuls réservés?
En bon anglais, je leur ai fait connaître
Qu'au droit des gens ils ne comprenaient rien ;
Du bien d'autrui, que moi seul j'étais maître.
De prime abord il n'entendaient pas bien :
Une famine, un massacre, une peste,
A la raison leur ont ouvert les yeux :
De ma clémence ils ont béni les Dieux ;
Et Welesley s'est arrangé du reste.
Ainsi ferai-je à ces petits bourgeois,
Badauds innés du pays sequanois ;
Petits bambins, singeant l'antique Rome,

De leur hauteur ils mesurent les Rois,
Et maintenant, pour leur donner des lois,
Absolument, il faut être un grand homme.
Ils me verront. Mais je veux toutefois,
Dans un tel cas, agir avec prudence :
Avant de mettre un pied dans le bateau,
Sachons au vrai ce qui se passe en France.
Mes soudoyés, dans leur correspondance,
Chaque matin, me peignent tout en beau.
De leurs récits, un peu je me défie ;
Je paye bien ; je dois être flatté.
Fais le voyage ; à toi je me confie.
Jusqu'à Paris, par les ondes porté,
Glisse-toi : pars ; apprends la vérité ;
Vole, obéis au moderne Neptune :
Moi, Dieu des mers, je ferai ta fortune.

Huzza ! mon maître ; adieu, repose en paix.
En un clin d'œil, mes nageoires sont prêtes ;
Mon large dos, précurseur des tempêtes,
Frise des flots les énormes sommets,
Et franchissant le détroit de Calais,
Je vois la côte ; à Boulogne j'arrive.

Mille bateaux, embossés sur la rive,
Retentissaient des hymnes de Bacchus.
Quel mouvement ! quel tumulte confus !
Dieux ! quel effroi pour mon ame alarmée !
Tous ces bateaux prêts à passer les mers,
Illustre Pitt, tu les croyais déserts !
Et dans ses flancs chacun loge une armée !

Quel bruit! quels cris ! non, jamais les Enfers
N'ont résonné d'un semblable tapage.
Des fiers Germains les vœux sont confondus,
S'écriait-on ; et malgré leur courage,
A Vertingen ils ont été battus :
D'autres succès, noble et digne présage!
Vive la France ! et soudain de la plage
Mille canons répondant à leurs cris,
De leur tonnerre effrayaient mes esprits.
Le bronze en feu grondait sur le rivage ;
A coups pressés, ce formidable orage
Trois fois roula dans un vaste lointain,
De l'Ambletuse au sol Anséatique ;
Et par trois fois rallumé dans l'airain,
Revint trois fois du fond de la Baltique,
En proclamant la gloire du héros,
De ses soldats les généreux travaux,
Des nations l'alégresse publique,
Et les revers d'un monarque punique.
Que de VIVAT LE GRAND NAPOLÉON !
Vinrent frapper mon oreille étourdie,
Et que de fois : *à bas Catamaron!*
J'en suis fâché ; mais enfin c'est le nom
Que t'a donné leur cohorte impolie.

Je fis alors cette réflexion :
Ou ces Français sont atteints de folie,
Ou les soldats du monarque hongrois
N'ont pas encor les côteaux champenois.
Voyons pourtant. A des craintes mortelles
Il ne faut pas se livrer lâchement :

En pareil cas, un Marsouin prudent
Doit commencer par nier les nouvelles.
Ne sait-on pas que le Français ardent,
A tous ses jeux sait allier la gloire ;
Si dans la guerre il triomphe en chantant,
Loin des combats il rêve la victoire.
Allons plus loin. Au Hâvre me voilà.

Tudieu, mon cher! c'était une autre antienne :
Il était nuit, et dans ce canton-là
On célébrait la fuite autrichienne :
De Gunzbourg on chantait les lauriers,
D'Ulm vaincu la journée immortelle ;
Tant de canons, et tant de prisonniers ;
Tant de drapeaux, de fusils, d'obusiers :
Dans ce calcul ma mémoire chancelle ;
Que te dirai-je? ils comptaient par milliers.
Eh ! ce tableau, vraiment digne d'Apelle !
Jour d'héroïsme et de gloire éternelle,
Où le vainqueur, noble image de Mars,
Réconfortait de sa voix paternelle
Les bataillons de l'enfant des Césars,
Qui, sous le poids de leur chaîne cruelle,
Pour adoucir l'injure des hasards,
En défilant mendiaient ses regards.
Hélas! hélas ! quelle déconvenue !
Au Carrousel, tu t'en étais flatté,
Paris entier attendait ta venue :
Mon pauvre Mack ! si cela continue,
Long-tems encor tu resteras botté.

Très-mécontent, je remonte la Seine.
De ces Français les trop heureux destins,
A chaque pas redoublaient mes chagrins ;
J'apercevais dans les prés, dans la plaine,
Coursiers fougueux, exercer leurs jarrets,
Et sous leurs pieds faisant jaillir l'arêne,
A des affronts préparer nos Anglais.
Le laboureur sillonnait les guérets ;
Le bled croissait sur la terre fertile ;
Sous le fruit mûr, l'arbre affaissé croulait.
Par le secours de la navette agile,
Du tisserand le fil se déroulait.
Au commerçant la Seine obéissante,
Vers les cités dirigeait les trésors :
C'était des pins la flèche menaçante
Que les chantiers appelaient dans les ports ;
C'était l'airain dont la masse pesante,
Allait couler dans les fourneaux ardens ;
Du jeune agneau, des beliers bondissans,
Plus loin brillait la toison éclatante :
Je rencontrais, des descendans de Penn,
Les cargaisons par Eole guidées :
Riche en parfums la barque d'Hyemen
Voguait en paix sur les ondes ridées.
Ici, c'est l'or aux Incas si fatal ;
Là, de Cadix la piastre voyageuse,
Le poivre né dans les champs d'Annibal,
Et de l'Hesper la pomme généreuse ;
Vulcain, Minerve, et Mercure, et Cérès,
Que sais-je, enfin, tous les Dieux de la terre

Sous mes regards étalaient leurs bienfaits;
Et ce grand peuple, au milieu de la guerre,
Vivait heureux comme au sein de la paix.

Mon cher patron, s'il voyait ces Français,
Dis-je à part moi, sur sa fière croisade,
A mon avis, cesserait de compter;
Ou mon patron, s'il prétend les dompter,
Comme son maître a le cerveau malade.

Mais cependant, six des vingt-quatre sœurs
Dont le compas incessamment mesure
Le cercle immense où l'antique nature
A de Phœbus renfermé les ardeurs,
Dans leurs travaux par le tems limitées,
Redéployaient, sur les sables déserts,
Les vastes eaux que, dans le sein des mers,
Six autres sœurs avaient précipitées.
Dans ses roseaux, surpris par l'Océan,
Le fleuve altier, de Thétis tributaire,
Soumis au joug d'une loi nécessaire,
Vers son berceau recule en mugissant;
Et dans leur lit, ses ondes repoussées,
Cèdent aux eaux par Phœbé déplacées.
Des flots amers le fortuné secours,
De mon voyage accélère le cours.

Déjà je touche à la cité gothique
Qui vit jadis, avec un peu d'humeur,
De tes aïeux l'élite britannique,

Preux chevaliers, gens d'estoc et de cœur,
Dévotement brûler une pucelle.
Aussi, pourquoi dans ce tems vivait-elle?
Quand de nos jours cette pucelle aurait
Rossé d'Anglais mainte et mainte sequelle,
Pour un tel fait nul juge ne croirait,
Qu'il fût besoin que Jeanne fût sorcière.
Ainsi raisonne un siècle de lumière!
Ma foi, tant pis pour Messieurs du Palais.
Il était doux, avant la plaidoirie,
D'examiner les stigmates secrets,
Que le Malin, de son ergot impie,
Faisait, dit-on, à d'innocens attraits.
J'ai grand regret à la sorcellerie;
Elle égayait quelquefois les procès.
Mais revenons. Sur la cité normande
Avidement je portais mes regards.
A dire vrai, ma surprise était grande;
Ni sur le port, ni sur les vieux remparts,
Ni sur les quais, ni sur les esplanades,
Ni sur le pont célèbre dans les arts,
Ni sur le cours, ni sur les promenades,
Nul habitant à mes yeux ne s'offrait.
Comment, morbleu! désertion totale!
La fièvre jaune, en cette capitale,
Aura souflé son haleine fatale.
Je le voudrais! mon Pitt l'assiégerait.
Qui sait aussi? Peut-être il se pourrait
Que notre Russe eût conquis cette ville.
Notre allié, dans le massacre habile,

Un beau matin, aura mis *ad patres*,
Tous ces Normands dont le commerce agile
De monsieur Pitt froissait les intérêts.
S'il était vrai ! grands Dieux ! quelle liesse !
Profond ministre ! ô doux fruit de tes soins,
Des morts de plus, et des métiers de moins !
Mon chancelier en mourrait d'alégresse.
Trompeur espoir dont l'erreur me flattait,
Tu disparus comme un songe folet !
Soudain frappé, l'air frémit et résonne.
De vingt clochers le carillon détonne.
La cathédrale à ce concert mêlait,
De son bourdon, le discors monotone.
Sais-tu pourquoi je n'avais vu personne ?
Toute la ville au *Te Deum* était.

Honteux, confus, je m'éloigne de rage ;
Et sans délai, fuyant, à petit bruit,
Du carillon l'inharmonique outrage,
Et le bourdon qui long-tems me poursuit,
Devers Paris nageant avec courage,
J'arrive au pont par Peyronnet construit,
Qui de Neuilly traverse le village.

O l'heureux tems, où le roi des Français,
De ce chef-d'œuvre honorant la naissance,
Royalement, aux regards de la France,
De sa maîtresse étalait les attraits.
Des vastes plans formés par l'Angleterre
Ce roi galant ne s'inquiétait pas,

Et, sans souci, régnant sur des appas,
Laissait l'Anglais dominer sur la terre:
Lors n'était bruit que de bals et de jeux,
Que de festins, de plaisirs amoureux.
Ce tems n'est plus! eh! mon cœur en soupire!
Tous ces Français sont tombés en délire.
Le croirais-tu? chacun d'eux aujourd'hui,
Prétend qu'un peuple est le maître chez lui;
Que l'Océan, de tous est le domaine;
Qu'il n'est besoin que sur l'humide plaine
Ta seigneurie agisse en souveraine;
Qu'aux léopards il faut, sans perdre tems,
Rogner la griffe et limer quelques dents;
Que sans honneur, l'argent est méprisable;
Qu'à beaucoup d'or, la gloire est préférable;
Et que sur-tout, à la foi des traités
L'on doit tenir. De tant de pauvretés
Qui ne rirait? Fort bien. Qu'on s'en avise.
Soudain, par eux flamberge au vent est mise;
Et les voilà qui, par monts et par vaux,
Courent le monde et tranchent du héros;
En un matin retournent un empire,
Battent tous ceux qui de les contredire.
Font la folie; et pour les convertir
Trouvent toujours, à ne te point mentir,
Plus d'argumens au bout des baïonnettes,
Que toi, ministre, au fond de tes cassettes.
Peuple semblable, à ton avis, est fou.
Motus, morbleu, je suis devant St.-Cloud.
Ici de rire il ne serait pas sage.

Quand ils sont loin des ateliers divins,
Où Jupiter, pour punir les humains,
Forge la foudre et médite l'orage,
Gens du bel air affectent l'esprit fort;
Mais près des Dieux, aux portes de l'Olimpe,
De les braver, moi, je tiens qu'on a tort.
Le long du cœur la synderèse grimpe.
Ainsi, mon cher, plus d'un homme fameux,
Loin de St.-Cloud, blasphême en Angleterre.
Mais à leur Dam, quand ils lèvent les yeux
Sur le héros que la Seine révère,
Pâleur blanchit leur front audacieux,
Frisson leur prend, et la fièvre les serre.

Eh! quels soldats marchent sous ses drapeaux!
Quels braves gens! quels mortels intrépides!
Du coin de l'œil, j'ai vu les invalides:
Je les ai vus, mais non pas sans terreur.
A leur aspect, je ne sais quel présage,
Pour tes amis, m'a glacé de frayeur.
Si, désarmés, la menace orgueilleuse
Anime encor leurs fronts cicatrisés;
Si du vainqueur la fierté généreuse
Prête la vie à leurs corps épuisés,
Que doivent être, au milieu des alarmes,
Ceux dont le bras héritier de leurs armes,
Dans les combats les auront remplacés?
Jaloux de gloire, ils ont trouvé, sans doute,
De ces guerriers, vétérans des hasards,
Aux champs d'honneur les ossemens épars;

Et les débris de ces enfans de Mars,
De la victoire ont jallonné la route.

Peu te plairont de semblables propos;
Mais que veux-tu? je dois être sincère;
C'est mon journal, et non pas tes journaux,
Qu'à mon départ tu me chargeas de faire.
Je poursuis donc. A Paris j'arrivais;
Quand tout à coup le faîte d'un palais
Offre à mes yeux une étoile brillante.
Telle on nous peint l'étoile flamboyante,
Qui, dans les cieux, promenant son fanal,
Prédit d'Harold le désastre fatal.
Ce souvenir me remplit d'épouvante.
S'il était vrai que cet astre infernal
D'un autre Hastings fut pour toi le signal!
Dans ses rayons on lit: Honneur! Patrie!
De leur esprit, terrible allégorie.
Patrie! honneur! ah! mon cher, j'en pâlis:
De nos Bretons c'est l'arrêt que je lis.
Mourir pour l'une et n'obéir qu'à l'autre,
De ces deux mots tel est le sens caché.
Hélas! ce peuple, à ces mots attaché,
Ne s'entendra jamais avec le nôtre.
Portant le foudre allumé par les Dieux,
L'aigle remplit le disque radieux;
Et de son œil où la flamme étincelle,
Avec fierté mesurant l'Univers,
Semble chercher dans les peuples divers,
Si quelque peuple à son secours l'appelle.

Prête à voler elle entr'ouvre son aile,
Et par ce geste, assure incessamment,
A l'opprimé son égide éternelle,
Et le rapide et juste châtiment
A l'agresseur aux traités infidelle.

Pour voir ses traits, et pour les mieux saisir,
Je m'approchais : inutile désir!
L'astre maudit était sous la tutelle
De l'homme illustre à qui les Océans
N'ont pu fermer leurs gouffres impuissans,
Et qui connaît les races, la figure,
Les passions, les désirs, les penchans,
Les mœurs enfin des nombreux habitans
Que dans les mers renferma la nature.
A mon passage il eût voulu savoir,
Comment, pourquoi, si loin de son manoir,
Un Marsouin errait à l'aventure?
Qu'aurais je dit? métier d'ambassadeur,
S'il vient de toi, n'est pas toujours honnête:
Un Marsouin sait braver la tempête,
Et ne sait pas braver le déshonneur.
Dis que je suis agent pusillanime,
Soit: des mortels, ce mortel révéré,
Aux fils des eaux est encor plus sacré;
Ils sont jaloux de garder son estime.
Que te dirai-je, enfin? j'eus mes raisons,
Et sur ma foi, pour l'honneur des poissons,
Je préferai de garder l'anonime:
Entre deux eaux prudemment j'ai filé.

Mais ciel ! Momus, de l'Olimpe exilé,
A-t-il ici choisi son domicile ?
Quelle folie agite cette ville !
Pourquoi, par tout, ces groupes répandus,
Formés, dissous, et reformés sans cesse ?
Qui peut causer ces transports d'alégresse,
Ces cris de joie, en tous lieux entendus ?
Hélas ! mon cher, dans sa marche rapide,
Napoléon (sans doute un Dieu le guide),
C'était trop peu que ses drapeaux vainqueurs
Eussent franchi l'antique Germanie,
Et qu'en un mois, du poids de son génie,
De Charles-Quint pressant les successeurs,
Il eût vengé, dans Vienne asservie,
François premier de ses nobles malheurs,
Et les Français des revers de Pavie.
Napoléon, dans les champs d'Austerlitz,
A foudroyé l'imprudent Paulowitz,
Et refoulé sous leurs zones glacées,
Des fils du Nord les bandes dispersées.
Ainsi disait ce peuple tout entier.
S'il est ainsi, monsieur le Chancelier,
Dame fortune aujourd'hui te courtise.
A tes décrets, ardens à se plier,
Deux Empereurs, sans trop les supplier,
Tombent d'accord de faire une sottise.
Par les effets, juge de tes amis :
Ces Souverains, pour servir ta vengeance,
T'avaient juré d'exposer leur puissance :
Ils ont plus fait qu'ils ne t'avaient promis.

L'un, en deux mois, a perdu, pour te plaire,
Trône électif et trône héréditaire ;
L'autre, sensible à tes bienfaits divers,
Toujours présens à son ame charmée,
Après son char traîne sa longue armée,
Et vient exprès, du bout de l'Univers,
Pour admirer sa horde hyperborée,
Par les Français, en un jour dévorée.
O, mon cher Pitt! que tu dois t'applaudir :
Quelques badauds, aveugles politiques,
Se vanteront que les destins iniques,
Par de tels coups, veulent t'abasourdir:
Mais, quant à moi, qu'avec peine on attrape,
Je laisse au peuple à frémir de ces bruits ;
Mon œil plus fin te voit rire sous cape:
Ce sont toujours deux Empires détruits.
Du faux semblant d'une vaine alliance,
Habilement tu couvres tes desseins:
Au but ainsi, tu marches en silence;
Et de l'Europe usant les Souverains,
Sur leurs débris tu fondes ta puissance:
Ainsi soit-il. Il te reste la France
A maîtriser ; l'ouvrage sera long.
Mais le cher Pitt, selon toute apparence,
En magasin a quelque tour félon.

Ce peuple, au reste, est d'une imprévoyance!
Il est en guerre, et dans son imprudence,
Par la fenêtre il jette les trésors ;
A l'industrie, et même à l'indigence,

Son Empereur ouvre les coffres forts.
Loin d'amasser, sa main impolitique,
Prodiguant l'or à cent mille ouvriers,
Répand la vie au sein des ateliers.
A chaque pas, on trouve une fabrique;
Par tout les Arts, et par tout les métiers.
Ce que l'orgueil d'un trône despotique,
Pendant cent ans projeta sans succès,
Se réalise; et vengé, pour jamais,
Du long oubli de son noble portique,
L'auguste aïeul des augustes palais,
Le Louvre, sort de sa ruine antique;
Et rajeuni jusqu'en ses fondemens,
Colosse assis sur sa base profonde,
En Roi, commande aux autres monumens,
Comme son maître aux Souverains du monde.
Dans les canaux en vingt climats creusés,
Les flots des mers sont aujourd'hui versés,
Et des Français ont rendu tributaires
Les peuples nés sous les deux hémisphères;
Les monts altiers, dont les vastes sommets,
Servaient d'égide au printems d'Italie,
De la nature abjurent les décrets,
Et maintenant esclaves du génie,
Souffrent que l'homme unisse désormais
Les champs Gaulois aux champs de l'Ausonie.
Voilà pourtant l'esprit de ces Français!
A-t-on jamais gouverné de la sorte?
Vive Albion, et son grand chancelier!
Chez toi, du moins, quand il faut guerroyer,

Soudain, du fisc tu surveilles la porte :
Toujours ouverte à l'argent qu'on apporte,
Close elle reste, alors qu'il faut payer.
A pomper l'or, appliquant ton adresse,
De *John Bull* tu suspends les travaux !
Grâce aux bâtons de ta royale presse,
Sans boursiller tu peuples tes vaisseaux !
Sans se lasser, ta main patriotique
Demande au pauvre, et fouille l'ouvrier ;
Le commerçant, en fermant sa boutique,
De ses écus t'apporte le dernier ;
Et dans la peur que l'avarice même,
Par ses détours n'échappe à ton système,
Au poids de l'or tu lui vends le froment,
Et par famine accroche son argent :
Voilà du moins un bon gouvernement.
A dire vrai, ta prudence suprême,
Au peuple anglais déplaît assez souvent ;
Il est sans pain, mais qu'a-t-il à se plaindre ?
N'as-tu point l'art d'acheter des soldats?
Faire la guerre et ne se battre pas,
Est un métier où l'on n'a rien à craindre ;
Quand on a peu de goût pour les combats,
Il est fort doux, à parler sans rien feindre,
Qu'avec de l'or on sorte d'embarras.

Las ! revoyons mon aimable Tamise,
A ces Français cessons de m'exposer,
Et des dangers de ma noble entreprise,
Auprès de toi, courons me reposer :

Ici, d'ailleurs, je n'ai plus rien à faire ;
La banque paye, ... et peut-être à l'instant,
Du bulletin le premier ordinaire,
Va proclamer la paix du continent.
Souffriras-tu qu'on termine la guerre !
Au nom de paix, d'une sainte colère,
En bon anglais, j'éprouve le transport.
Q'uelle se fasse : avec toi je suis mort.

De l'Imprimerie des Sciences et Arts, rue Ventadour, N.° 5.

www.ingramcontent.com/pod-product-compliance
Ingram Content Group UK Ltd.
Pitfield, Milton Keynes, MK11 3LW, UK
UKHW021038200726
13857UKWH00005B/1785

9 782013 024723